F. Matthey

# Études sur les résistances au mouvement des trains sur les chemins de fer

Antigonos

F. Matthey

# Études sur les résistances au mouvement des trains sur les chemins de fer

Réimpression inchangée de l'édition originale de 1872.

1ère édition 2024   |   ISBN: 978-3-38817-386-3

Antigonos Verlag est une marque de Outlook Verlagsgesellschaft mbH.

Verlag (Éditeur): Outlook Verlag GmbH, Zeilweg 44, 60439 Frankfurt, Deutschland, info@outlook-verlag.de
Vertretungsberechtigt (Représentant autorisé): E. Roepke, Zeilweg 44, 60439 Frankfurt, Deutschland
Druck (Imprimerie): Libri Plureos GmbH, Friedensallee 273, 22763 Hamburg, Deutschland

# ÉTUDES

## SUR LES RÉSISTANCES

AU

# MOUVEMENT DES TRAINS

SUR

## LES CHEMINS DE FER

### Par F. MATTHEY

INGÉNIEUR

PARIS

LIBRAIRIE SCIENTIFIQUE, INDUSTRIELLE ET AGRICOLE

**Eugène LACROIX, Imprimeur-Éditeur**

Libraire de la Société des anciens Élèves des Écoles d'arts et métiers
de celle des Conducteurs des ponts et chaussées, etc.

54, RUE DES SAINTS-PÈRES, 54

Imprimerie à Saint-Nicolas-Varangéville (Meurthe)

—

1872

# ÉTUDES

## SUR LES

# RÉSISTANCES AU MOUVEMENT DES TRAINS

## SUR LES CHEMINS DE FER

## AVERTISSEMENT

En considérant le certain état d'hésitation dans lequel on peut se trouver au sujet des détails qui composent les résistances au mouvement sur un chemin de fer, il nous est venu à l'idée de mettre au net quelques notes recueillies par nous sur cette question dans les différentes phases de notre carrière industrielle.

Habitant depuis longtemps déjà la Russie, ce vaste empire qui vient, en moins de dix années, d'accomplir une œuvre exceptionnelle de force, d'intelligence et d'énergie (l'exécution de plus de 10000 kilomètres de chemins de fer) et ayant eu l'occasion, par les différentes positions que nous y avons occupées, de nous familiariser avec les circonstances et les conditions particulières inhérentes au rude hiver de chaque année, nous avons tout spécialement tenu compte dans nos formules, de la différence à établir entre les contrées dans lesquelles nous avons fait nos premières expériences, et celle que nous habitons aujourd'hui, où nous avons fait les dernières.

Nos coefficients de frottement ont donc été modifiés dans ce sens, et sans vouloir ici imposer notre manière de voir, nous pensons que les résultats qu'on obtiendra en les employant, seront le plus souvent conformes à la pratique. On verra, par exemple, que pour les grandes vitesses, nous avons adopté des coefficients qui obligeront à l'emploi de moteurs plus puissants que ceux ordinairement adoptés, pour les cas semblables, dans les contrées occidentales plus favorisées que la Russie sous le rapport du climat.

Nous serons heureux si, par la publication de ce mémoire, nous pouvons être utile à quelques-uns.

F. MATTHEY.

## CHAPITRE PREMIER.

Les différentes résistances au mouvement sur un chemin de fer sont les suivantes :

1° Les frottements des véhicules.

2° La résistance de l'air.

3° Les résistances dues au passage dans les courbes.

4° Enfin l'action de la gravité.

Nous allons successivement apprécier par le calcul, et d'après les données de l'expérience, les valeurs que l'on peut admettre dans la pratique pour ces résistances ; nous examinerons ensuite celles que présente l'inertie à l'accélération et au ralentissement des convois.

### FROTTEMENT DES WAGONS ET ESSIEUX.

Le frottement des wagons se compose : du frottement des fusées d'essieux sur les coussinets dans les boîtes, et du frottement de roulement des bandages sur les rails.

Le frottement des fusées varie avec les diamètres relatifs de ces fusées et des roues ; il dépend aussi de la nature et de l'état des surfaces frottantes, ainsi que de la graisse employée.

Les conditions de solidité et la nécessité de ne point faire chauffer ou altérer les surfaces par une trop grande pression qui empêcherait la graisse de pénétrer entre les surfaces à lubrifier, a en quelque sorte fixé le diamètre des fusées, qu'il eût été avantageux de faire très-petites.

En sorte qu'il a été nécessaire d'admettre un rapport à peu près constant entre le diamètre de la roue et celui de la fusée qui, de nos jours, est d'environ $\frac{1}{14}$ avec l'emploi de l'acier fondu pour la fabrication des essieux.

Quant au graissage, nous avons pu reconnaître qu'avec les huiles et les graisses liquides, les résistances pour la mise en marche et notamment pour les petites vitesses, étaient bien moins considérables qu'avec les graisses fermes. C'est ce fait qui a fait préférer les premières sur les chemins de fer où la traction doit avoir lieu au moyen de chevaux.

Mais quand la traction se fait par machines, c'est-à-dire pour tous les chemins de fer en activité aujourd'hui, on peut employer les secondes, qui présentent une diminution énorme de la dépense.

L'excédant de puissance dont les machines sont capables, permet toujours la mise en marche plus ou moins rapide des convois, et lorsque les essieux sont échauffés, le mouvement devient facile (1).

______

(1) Il est cependant des cas dans les pays septentrionaux où l'on est obligé quand même d'employer des graisses fondues, et même de l'huile chaude ; les basses températures nous ont souvent démontré cette obligation.

Quelle que soit d'ailleurs la nature de la graisse employée, sa consommation augmente notablement avec la vitesse.

La valeur du frottement des fusées dans leurs boites est donnée par la formule :

$$F = P \times \frac{d}{D} \times f.$$

$f =$ coefficient de frottement $= 0,0475$.
$d =$ diamètre de la fusée.
$D =$ diamètre de la roue.
$P =$ poids supporté par la fusée.

Dans les circonstances d'une bonne construction et d'un graissage convenable on a :

$$F = \frac{0,070}{1} \times 0^k,0475 \times P = 0,{}^k003325 \times P,$$

c'est-à-dire $3^k,325$ par tonne.

Le durcissement des graisses et les moindres circonstances défavorables peuvent modifier dans la pratique ce coefficient et le porter à $0,075$.

Par suite :

$$F = 0,005375 \times P \quad \text{ou } 5^k,375 \text{ par tonne.}$$

#### FROTTEMENT DE ROULEMENT DES ROUES.

D'après Wood, le frottement de roulement des roues sur les rails est de $0,001$ du poids supporté par elles, en sorte qu'en désignant par $p$ le poids des roues, on aura pour l'expression générale des frottements :

$$R = P \times 0,0475 \times \frac{d}{D} + (P + p) \times 0,001.$$

Dans la pratique $p = \dfrac{P}{8}$.

La formule générale des deux genres de frottement pourra donc être R $= 0,003325 \times P + 0,001125\ P$ ou $= 0,004455 \times P$ ; c'est-à-dire 4,455 par tonne.

Nous remarquerons :

1° Que la résistance au roulement peut devenir considérable lorsque les rails sont recouverts de poussière, de neige, de terre ou de verglas.

2° Qu'elle ne varie pas sensiblement avec la forme des rails, à moins que la pose de ces derniers ne détermine des mouvements de lacet, qui se traduisent en frottement latéral des boudins contre les rails ;

3° Enfin, que lorsque les rails et les bandages sont mouillés, l'ensemble des frottements est considérablement réduit par rapport à ce qui a lieu sur des rails secs et que cette réduction décroît du 1/4 au 1/5, d'après les observations qui ont été faites sur des convois abandonnés à eux-mêmes sur de faibles pentes.

### EXPÉRIENCES SUR LE FROTTEMENT TOTAL DES WAGONS.

D'après les expériences que nous avons faites sur le frottement des wagons dans un état ordinaire de service, nous avons trouvé au dynamomètre qu'il variait de $0,003 \times P$ à $0,005\ P$, mais qu'il s'approchait assez souvent de ce dernier coefficient.

Pour tenir compte largement de toutes les éventualités qui peuvent se présenter dans la pratique, nous avons adopté dans nos calculs R $= 0,0045 \times P$.

On pourra ainsi réduire ce coefficient en cas de circonstances favorables d'exploitation, et on devra au contraire l'augmenter dans celui de rails qui seraient recouverts de poussière de terre, de neige et de verglas, circonstances qui obligeraient à porter ce coefficient à 0,007 ou $0,008 \times P$.

## RÉSISTANCE DE L'AIR.

La résistance que l'air oppose à la marche d'un convoi exprimée en fonction du poids de ce convoi, varie avec ce poids, sous un volume donné avec le nombre et la forme des wagons. Les théories et formules qui ont été établies à ce sujet n'étant pas suffisamment d'accord avec la pratique, nous allons essayer de déterminer par des données basées sur une suite d'expériences journalières, les coefficients qui serviront de base à nos calculs.

## EXPRESSION GÉNÉRALE DE LA RÉSISTANCE DE L'AIR AU MOUVEMENT DES WAGONS.

La résistance de l'air en repos est donnée par la formule $R = KO \times \overline{SV}^2$.

O coefficient constant $= 0,006$.

K      —      qui varie avec les dimensions du wagon.

Pour le cas d'un wagon dont la longeur est égale à 2 fois la racine carrée de la surface qui frappe directement l'air dans le sens du mouvement $K = 1,30$.

S Surface du prisme qui frappe l'air dans le sens du mouvement.

V Vitesse du wagon en mètres par seconde avec les données précédentes $R = 0,068 \times SV^2$.

## COMPARAISON DES RÉSULTATS DE LA FORMULE GÉNÉRALE AVEC LES EXPÉRIENCES DIRECTES.

### 1er *Cas d'une seule voiture.*

Dans le cas d'une seule voiture convenablement graissée dont le frottement ne dépassait pas 4 kil. par tonne, c'est-à-dire était exprimé par le coefficient 0,005, en comprenant la résistance due aux courbes, la dite voiture descendait seule sur une longueur de 6 kilomètres, en pente de 10 millim. par mètre.

La vitesse par seconde acquise par un temps calme était 7 mètres.

Le poids de la voiture était 5500 kil., le travail dû à la gravité était donc $5500 \times 0,01 = 55$ kil.

Le travail consommé par les frottements était $5500 \times 0,005 = 27^k,5$.

Le travail consommé par la résistance de l'air, était donc $27^k,5$. Or, si nous remarquons que la surface de cette voiture, y compris celle des bras de roues et de l'impériale était de $6^m,5$ carrés, la résistance calculée d'après la formule était :

$$R = 0,086 \times 6,5 \times 7^2 = 27^k,39.$$

### 2ᵉ *Cas de plusieurs voitures.*

Lorsque le convoi se compose de plusieurs voitures, l'intervalle qui les sépare est ordinairement égal à la moitié du côté du carré qui représente la surface qui frappe l'air directement.

Or, d'après les expériences de M. Thibaut, lorsque deux surfaces carrées sont placées l'une derrière l'autre, et accolées ensemble, la seconde, dont la résistance à l'air est nulle dans cette position, présente une résistance égale à 0,70 de la première frappée, si on les écarte d'une distance égale au côté du carré. Dans le cas que nous considérons, cet espace devenant égal à la moitié du côté du carré, nous pourrons admettre approximativement 0,4 pour le rapport entre les deux résistances offertes à l'air ; c'est-à-dire que si nous avons 12 voitures, la première offrant une surface normale à l'air de 6 mètres carrés, chacune des onze autres ne présentera que $6 \times 0,4 =$ $2^{mc},4$.

Il nous a été facile de vérifier par l'expérience que cette base d'évaluation s'écartait peu de la vérité, car sur la pente que nous considérions plus haut, un convoi composé de 3 voitures pesant 5500 kil. chacune, soit 16500 kil., prenait une vitesse de 9 mètres par seconde. La force dépensée pour vaincre la résistance de l'air, était donc comme précédemment R $= 16500 \times 0,005 =$ $82^{k},50$.

Ici la surface étant $6^{mc},5$, nous trouvons en employant la formule générale :

$$R = 0,086 \times (6,5 + 2 \times 2,6)9^2 = 81^{km},50,$$

qui est très-sensiblement égal à $82^{km},5$ déterminé par l'expérience ci-dessus.

Si nous passons maintenant au cas général d'un convoi composé de 12 voitures dont la $1^{re}$ offre une surface de 6 mètres carrés, le poids de chacune d'elles étant 6000 kil., la formule générale donnera pour la résistance de l'air à une vitesse de 40 kil. à l'heure soit $11^m,11$ par seconde :

$$R = 0,086 (6 + 11 \times 2,4) \overline{11,11}^2 = 343^k,87.$$

Or les 12 voitures pèsent ensemble 72 tonnes, ce qui porte la résistance R à $\dfrac{343,87}{72} = 4^k,77$ par tonne.

Si l'on ajoute la résistance de l'air à celle des frottements, nous avons $4,77 + 4,5 = 9^k,27$ par tonne pour une vitesse de 40 kil. à l'heure sur palier, ce qui s'accorde bien avec les expériences citées par divers auteurs, et avec celles résultant de nos observations.

### EXPÉRIENCE DE LA RÉSISTANCE PRATIQUE DES TRAINS.

De ce qui précède, on pourrait donc en désignant par $n$ le nombre de wagons d'un convoi, et S leur surface moyenne de l'avant, obtenir très-approximativement la résistance de l'air par la formule générale :

$$R = 0{,}086 \times S \, (1 + (n - 1) \times 0{,}4) \, V^2.$$

Dans cette formule, que nous considérons comme suffisamment exacte pour les vitesses usuelles, on suppose que la pour résistance des voitures qui suivent, la $1^{re}$ est toujours proportionnelle au carré de la vitesse du convoi par seconde, mais pour de très-grandes vitesses, il pourrait bien n'en pas être ainsi.

### RÉSISTANCE DE L'AIR EN FONCTION DU POIDS DES TRAINS.

Pour plus de simplicité et pour ramener l'expression de toutes les résistances au poids du train, nous nous servirons de la formule $R = P \times 0{,}00004 \times V^2$, qui est d'accord avec ce qui précède, en remarquant que le coefficient $0{,}00004$ se rapporte à des convois de 12 à 16 voitures, et qu'il devrait être augmenté à mesure que les convois diminueraient, et qu'enfin il serait de $0{,}00055$ pour le cas particulier d'une seule voiture.

### RÉSISTANCE DES FROTTEMENTS ET DE L'AIR A DIFFÉRENTES VITESSES.

L'expression de résistance totale en ligne droite et sur palier est donc en temps calme :

$$R = P \, (0{,}0045 + 0{,}00004 \, V^2).$$

Cette formule nous permettra de construire le tableau ci-après.

| VITESSE en kil. par heure. | RÉSISTANCE du frottement $f$ pour 1 kil. | RÉSISTANCE de l'air pour 1 kil. $CV^2$. | RÉSISTANCE totale pour 1 kil. F. | VITESSE par seconde V. |
|---|---|---|---|---|
| 10 | 0,0045 | 0,00031 | 0,00481 | 2$^m$,78 |
| 20 | 0,0045 | 0,00124 | 0,00574 | 5 ,56 |
| 30 | Id. | 0,00278 | 0,00728 | 8 ,33 |
| 40 | Id. | 0,00494 | 0,00944 | 11 ,11 |
| 50 | Id. | 0,00772 | 0,01222 | 13 ,89 |
| 60 | Id. | 0,0111 | 0,0156 | 16 ,67 |
| 70 | Id. | 0,0152 | 0,0196 | 19 ,44 |
| 80 | Id. | 0,01975 | 0,02425 | 22 ,22 |

Les observations faites sur des convois abandonnés à eux-mêmes sur différentes pentes confirment l'exactitude de ces résultats.

CIRCONSTANCES FAVORABLES DONT ON NE PEUT TENIR COMPTE.

Nous n'ignorons pas que dans des circonstances *favorables de graissage* et avec un bon matériel, ces résistances peuvent être bien moindres, surtout si nous nous reportons au mémoire de MM. Vuillemin, Guebhart et Dieudonné, ingénieurs au chemin de fer de l'Est ; mais nous pensons qu'il convient de les prendre telles qu'elles pour base de calculs, en tenant compte toutefois des éventualités pratiques.

Nous les recommandons surtout à l'attention, lorsqu'il s'agira d'exploitations de chemins de fer dans les contrées moins favorisées que la France sous le rapport du climat (1).

### INFLUENCE DES VENTS DANS DIVERSES DIRECTIONS.

Nous ferons remarquer qu'on doit tenir compte avec soin de la direction du vent, debout ou arrière, car nous avons constaté que par un grand vent, des convois conservaient sur une rampe faible de 2 millim. par mètre, des vitesses de 6 à 9 mètres par seconde.

Lorsqu'on voudra tenir compte accidentellement du vent, on devra en ajouter la vitesse à celle du train V si le vent est debout, et l'en retrancher s'il est arrière, en faisant abstraction de la différence du coefficient K pour le cas de l'air en mouvement. Les expériences de M. Thibaut ont constaté que la résistance causée par une surface oblique est égale à celle qu'offrirait la projection de cette surface sur un plan perpendiculaire à la direction du vent.

Il serait donc facile, par des considérations géométriques, de déduire de la formule les résistances des surfaces obliques, ce qui est le cas le plus ordinaire.

Les données nous manquent pour évaluer le frottement de l'air dans le cas de la direction oblique ou latérale ; nous nous bornerons à rapporter ce que nous avons souvant observé : la résistance croît énormément, lorsqu'elle est causée par un vent latéral ; le même vent, c'est-à-dire un vent de la même intensité, mais frappant le convoi en

---

(1) Sur une pente de $0^m,01$ par mètre, le maximum de vitesse que prend un train est de 50 à 55 kilomètres à l'heure, suivant plusieurs ingénieurs.

Sur le *Great Western*, à large voie, M. Brunel prétend que cette vitesse a atteint 80 kilomètres. Les grandes vitesses ne peuvent s'obtenir que par un vent favorable, et sur ce dernier chemin, les grandes roues ont pu permettre d'arriver à la vitesse indiquée par Brunel.

bout, produit moins de résistance, ce qui d'ailleurs s'explique facilement par l'énorme accroissement de surface choquée dans le premier cas. Ajoutons que le vent latéral reporte les boudins des roues tout d'un même côté de la voie, et que le frottement des boudins contre le rail vient encore ajouter une résistance notable au mouvement du convoi

## RÉSISTANCE DES COURBES.

Les questions relatives au mouvement dans les courbes méritent d'être étudiées d'une manière spéciale, car elles jouent un rôle trop important dans l'établissement d'un chemin de fer pour que nous ne l'étudiions pas avec détails.

## EXAMEN DES CIRCONSTANCES DU MOUVEMENT DES TRAINS DANS LES COURBES.

Voyons d'abord ce qui se passe d'une manière générale dans le mouvement des convois dans les courbes.

Lorsqu'un convoi est abandonné à lui-même sur une pente en courbe ; la force centrifuge tend à faire frotter les boudins des roues contre le rail extérieur de la voie.

Mais lorsque ce même convoi, au lieu d'être abandonné à lui-même, est remorqué par une machine, la tension transmise par le moteur vient modifier la force centrifuge en en détruisant une partie, car la traction exercée tend à ramener en ligne droite le train placé sur la courbe, et par cela même diminue la pression des boudins contre le rail extérieur de la courbe.

En second lieu, la différence de développement des deux rails et le parallélisme des essieux donnent lieu à de petits glissements des bandages sur les rails. Enfin l'obliquité de traction sous laquelle la machine opère par rapport à la direction générale du train, donne lieu à un accroissement de puissance.

## ÉVALUATION DE LA FORCE CENTRIFUGE.

Considérons un convoi animé d'une vitesse de $11^m,11$ par seconde (40 kil. à l'heure) composé de 10 voitures pesant 6333 kil. l'une.

Que le train soit sous l'action seule de la gravité, ou remorqué par une machine, la force centrifuge que possédera une voiture sera :

$$F = \frac{mv^2}{r} = \frac{Pv^2}{gr.} = \frac{6333^k \times \overline{11,11}^2}{9,81 \times 500} = 160 \text{ kil.}$$

$r$ étant le rayon de la courbe $= 500$ mètres, et $v$ la vitesse par seconde. Soit 26 kil. par tonne.

## FORCE CENTRIFUGE DANS LES CONVOIS REMORQUÉS.

Pour obtenir la force centrifuge dans un convoi remorqué par une locomotive, en tenant compte de la modification de cette force par l'effet de la traction, nous supposerons que la machine exerce un effort de 10 kilog. par tonne, soit 633 kil. pour les 10 wagons de 6333 kil.

L'effort qui tend à redresser le train et qui est appliqué au premier wagon attelé est pour ce premier véhicule :

$$F = 633 \text{ kil.}$$

La force centrifuge de cette $1^{re}$ voiture : 160 kil. est diminuée de :

$$\varepsilon = \frac{633}{500} \times 6^m = 7,56, \text{ soit } 160 - 7,56 = 152^k,44.$$

500 est le rayon de la courbe, 6 mètres est la distance

entre les centres des figures longitudinales de 2 voitures consécutives, c'est-à-dire de 4,7 pour 0/0.

Cette diminution de 4,7 pour 0/0 de la force centrifuge est, comme on le voit : très-minime, et nous faisons remarquer que pour le dernier wagon, elle est tout à fait négligeable, car nous n'aurons que $\dfrac{63,3}{500} \times 6 = 0,756$ à retrancher de la force centrifuge 160. Ce qui porte celle-ci à $159^k,244$. Dans les calculs suivants, nous ne tiendrons pas compte de cette diminution insignifiante.

Nous nous contenterons de faire remarquer que cette diminution ne peut avoir lieu que lorsque les trains sont remorqués ; s'ils marchent sous l'action de la gravité, la quantité devient nulle ; si au contraire ils sont poussés de l'arrière, cette même quantité doit s'ajouter à la force centrifuge.

### LES DÉRAILLEMENTS.

Les déraillements en sécante sont les plus communs, ils peuvent facilement s'expliquer.

Lorsqu'un ralentissement subit d'une partie du convoi se produit, soit par une sortie de voie ou toute autre cause, ce n'est plus une simple traction qui se transmet de l'avant du convoi, mais bien l'énorme excédant de puissance vive dont il se trouve tout à coup animé et dont l'action suffit pour occasionner les sorties de voie.

### INFLUENCE DE LA VITESSE.

Les formules précédentes font reconnaître qu'au moment du départ d'un convoi remorqué, la pression moyenne exercée contre le rail intérieur d'une courbe, pression due à la traction du moteur, est supérieure à la force centrifuge, jusqu'à ce que le convoi ait atteint une vitesse de 2 à 3 mètres par seconde.

Elles indiquent en outre que lorsqu'on veut corriger les effets de la force centrifuge par l'exhaussement du rail extérieur de la voie qui, ajouté à l'augmentation relative de hauteur de la roue extérieure à cause de la conicité des tables de roulement des bandages, conditions qui produisent une force centripète lui faisant équilibre, elles indiquent, disons-nous, qu'il y a lieu de tenir compte pour chaque cas particulier des différentes conditions du mouvement des trains.

C'est ainsi que, si au moment du départ d'un convoi, ou dans des croisements, alors qu'on marche à de petites vitesses, le rail extérieur d'une courbe avait l'exhaussement demandé pour de grandes vitesses, il pourrait en résulter une usure considérable du rail intérieur et du matériel roulant, ainsi qu'une résistance qui s'opposerait à la mise en marche du convoi.

### SURÉLÉVATION A DONNER AU RAIL EXTÉRIEUR D'UNE COURBE.

Connaissant la vitesse maxima à laquelle doivent marcher les convois sur une courbe donnée, on peut facilement déterminer la surélévation à donner au rail extérieur de la courbe.

Il suffit d'égaler la force centrifuge à l'action de la gravité ou composante du poids.

Soit,   $P$ le poids d'une voiture ;

$h$ la surélévation cherchée ;

$l$ la largeur de la voie ;

$v$ la vitesse par seconde ;

$r$ le rayon de la courbe.

Nous avons pour équation d'équilibre :

$$\frac{Pv^2}{gr} = \frac{h \times P}{l} \quad \text{d'où} : h = \frac{Pv^2 \times l}{P \times gr} = \frac{v^2 l}{gr}.$$

Cette formule nous permet de former le tableau suivant, pour les différentes courbes et pour les vitesses usuelles.

| VITESSES en kil. à l'heure. | VITESSES en mètres par min. | EXHAUSSEMENT DU RAIL EXTÉRIEUR. | | | | |
|---|---|---|---|---|---|---|
| | | R = 200 | R = 400 | R = 600 | R = 800 | R = 1000 |
| k. 10 | m. 2,78 | 0,0059 | 0,00295 | 0,0019 | 0,0015 | 0,0012 |
| 20 | 5,56 | 0,0236 | 0,0118 | 0,0079 | 0,0059 | 0,0047 |
| 30 | 8,33 | 0,053 | 0,0265 | 0,0177 | 0,013 | 0,0106 |
| 40 | 11,11 | 0,0945 | 0,0472 | 0,0315 | 0,023 | 0,019 |
| 50 | 13,89 | 0,147 | 0,0735 | 0,049 | 0,037 | 0,029 |
| 60 | 16,67 | 0,213 | 0,1065 | 0,071 | 0,053 | 0,042 |
| 70 | 19,44 | 0,289 | 0,1445 | 0,0963 | 0,072 | 0,058 |
| 80 | 22,22 | 0,378 | 0,189 | 0,126 | 0,0945 | 0,076 |

RÉSISTANCE DANS LES COURBES OU LES RAILS SERAIENT DE NIVEAU.

Pour montrer toute l'efficacité de l'exhaussement du rail extérieur. Examinons ce qui se passerait dans le cas où les deux rails seraient de niveau.

Le boudin frotterait alors contre le rail extérieur avec une pression égale à la force centrifuge, ou :

$$F = \frac{Pv^2}{gr}.$$

Le frottement serait :

$$\frac{Pv^2}{gr} \times f.$$

$f = 0,15$ coefficient de frottement de fer sur fer.

Et la résistance mesurée à l'essieu provenant de cette quantité de frottement serait :

$$\varphi = \frac{P v^2}{g r} \times f \times \frac{e}{R}.$$

$e$ représente la distance moyenne entre le point d'appui de la roue sur le rail et celui du frottement latéral du boudin contre le rail.

R représente le rayon de la roue.

$$e = \frac{R}{S} = 0^m,10, \ R = 0^m,50 \ \text{centimètres}.$$

A l'aide des données précédentes, on peut calculer le frottement pour chaque rayon de courbe pour une vitesse de 40 kil. à l'heure ou $11^m,11$ par seconde.

| RAYONS. $r$ | | FORCE CENTRIFUGE. F | | FROTTEMENT. $\varphi$ |
|---|---|---|---|---|
| 200 | | 0,0628 | | 0,001884 |
| 400 | | 0,0314 | | 0,000942 |
| 600 | | 0,021 | | 0,00063 |
| 800 | | 0,0157 | | 0,000471 |
| 1000 | | 0,0126 | | 0,000378 |

INFLUENCE DE LA VITESSE CONFIRMÉE PAR DES EXEMPLES.

L'influence qu'exerce la vitesse sur la quotité de la force centrifuge, indique l'importance qu'il y a à mettre en harmonie la vitesse et les exhaussements pour empêcher autant que possible les frottements très-considérables qui pourraient se produire et que rien ne peut faire disparaître entièrement dans les diverses circonstances de la pratique.

Ce qui confirme ces observations, c'est que nous avons vu fréquemment sur des courbes qui étaient franchies presque sans ralentissement par des convois et machines, ces mêmes convois et machines ne pouvoir ensuite démarrer après un moment d'arrêt.

### GLISSEMENT DES BANDAGES SUR LES RAILS.

Nous allons maintenant rechercher les moyens de diminuer et d'évaluer les différentes résistances dues au glissement des bandages sur les rails.

### EFFET DE L'INCLINAISON DES BANDAGES SUR LES CHEMINS PARCOURUS SUR LES RAILS INTÉRIEUR ET EXTÉRIEUR.

Supposons un wagon dont les jantes de roues ou bandages sont inclinés de 1/20 et marchent sur une courbe à petit rayon dans laquelle l'écartement des rails laisse un jeu latéral total de 3 centimètres entre les boudins et ces mêmes rails.

L'accroissement du rayon de la jante pourra, avant que le boudin ne vienne porter contre le rail, être de 1 millim. à 1 1/2. Si nous supposons que les roues ont 1 mètre de diamètre, le chemin parcouru par les deux roues sera dans le rapport de $\dfrac{501,5}{500}$.

Ce rapport est précisément égal à celui du développement des deux courbes du rail intérieur et du rail extérieur dans une courbe où le rayon moyen de ces derniers serait de 500 mètres, et qui par conséquent, seraient parcourus sans qu'il y ait glissement des bandages sur les rails.

CALCUL DE L'INCLINAISON EN RAISON DES COURBES.

Des calculs analogues peuvent s'appliquer aux circonstances particulières de la construction qui se présentent ordinairement dans la pratique ; ils sont donnés par la relation simple suivante :

$$JI = \frac{lr}{R}$$

d'où
$$I = \frac{lr}{R \times J}.$$

Remplaçant par les quantités connues.

$l$   largeur de la voie $= 1, 50$
$r$   rayon de la roue $= 0,5$
R rayon de la courbe $=$   500
J   eu des boudins $= 0,03$
I   inclinaison des bandages.

$$I = \frac{1,50 \times 0,5}{500 \times 0,03} = 0,05, \text{ ou } 1/20.$$

On peut donc construire le tableau suivant :

| RAYONS des courbes. R | JEU des boudins J | LARGEUR de la voie $l$ | RAYONS des roues $r$ | INCLINAISON des bandages. I |
|---|---|---|---|---|
| 200 | 0,03 | 1,50 | 0,50 | 0,125 $= 1/8$ |
| 400 | id. | id. | id. | 0,0625 $= 1/16$ |
| 600 | id. | id. | id. | 0,0417 $= 1/24$ |
| 800 | id. | id. | id. | 0,03125 $= 1/32$ |
| 1000 | id. | id. | id. | 0,025 $= 1/40$ |

Si les développements des points de contact des roues ne peuvent être mis en rapport avec celui des rails extérieur et intérieur, il en résulte nécessairement que le rebord de la roue extérieure du devant du wagon vient heurter le rail et produit une réaction dans laquelle la différence de chemin développé est rachetée par un glissement d'une des roues sur le rail.

## JANTES CYLINDRIQUES.

Si nous supposons les bandages cylindriques, ce qui est le cas le plus défavorable, appelant toujours $l$ la largeur de la voie, le chemin parcouru par glissement sera par unité de parcours $\dfrac{l}{R}$.

Soit $f = 0,167$, le coefficient de frottement ;

$\dfrac{P}{2}$ la moitié du poids du convoi et $R = 500^{m}$.

La résistance sera donnée par

$$\xi = \frac{P}{2} \times f \times \frac{l}{R} = P \times 0,00025$$

Si $P = 72000$ kilog. $\xi = 18$ kilog.

## GLISSEMENT TRANSVERSAL CAUSÉ PAR LE PARALLÉLISME DES ESSIEUX.

Pour ramener constamment les roues dont la direction est D, dans l'intérieur de la courbe, le parallélisme des essieux détermine un mouvement transversal de glissement $x$ dont la valeur est donnée par :

$$x = \frac{D^2}{2R}$$

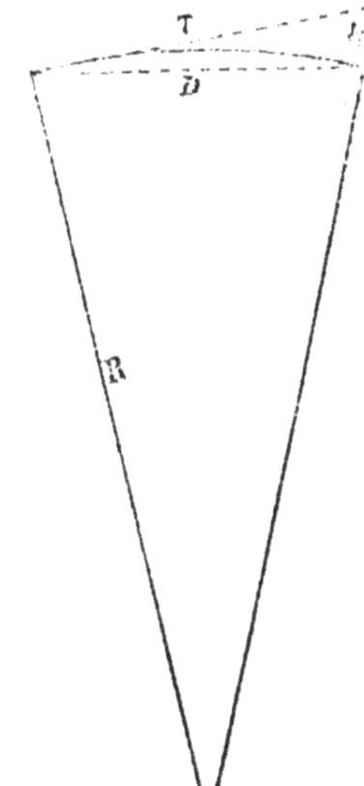

En effet nous avons :

$$(R + x)^2 = T^2 + R^2$$

ou

$$R^2 + x^2 + 2\,R\,x = T^2 + R^2$$

Mais $x^2$ étant très-petit peut être négligé, il reste donc :

$$x = \frac{T^2}{2R}.$$

Mais T est sensiblement égal à D.

Donc : $x = \dfrac{D^2}{2R}$, si D = l'écartement des deux essieux $= 2^m,67$, et R $= 500^m$.

$$x = \frac{2,67^2}{2 \times 500} = 0^m, 00713.$$

Le frottement résultant sera, en prenant $f = 0,15$ coefficient de frottement fer sur fer de :

$$0,00713 \times 0,15 \times P = 0,00114 \times P \text{ ou } 1^k,14 \text{ par tonne.}$$

## JEU LONGITUDINAL ET TRANSVERSAL DANS LES PLAQUES DE GARDE.

Pour annuler cette résistance qui, on le voit, est considérable, on a reconnu, et notamment pour les voitures à 6 roues, qu'il convient de donner du jeu longitudinal aux boites à graisse dans les plaques de garde. Ce jeu permet aux essieux de se placer dans la direction des rayons de la courbe à franchir. Les menottes des ressorts s'y prêtent d'ailleurs facilement.

Il est facile de déterminer ce jeu longitudinal en fonction du rayon des courbes.

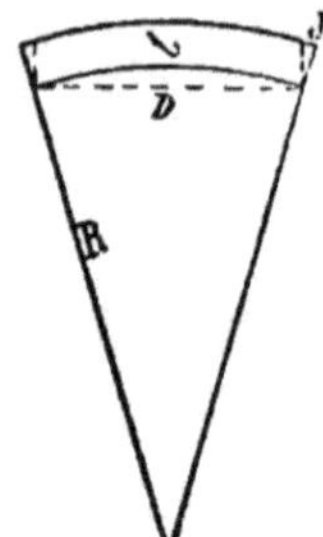

Désignons par J le jeu cherché ;

par R le rayon int. de la courbe 500 ;
par D = 2,67 l'écartement des essieux ;
par $l$ = 1,50 la largeur de la voie.

Nous avons :

$$R : R + l :: D : D + J;$$

d'où $J = \dfrac{(R + l)\,D}{R} - D = \dfrac{501,5 \times 2,67}{500} - 2,67 = 0^m,008.$

Nous pouvons donc déterminer ce jeu pour les courbes de 200, 400, 600, 800 et 1000 mètres.

| VALEURS de R. | VALEURS de $l$. | VALEURS de D. | VALEURS de J. |
|---|---|---|---|
| 200 | 1,50 | 2,67 | 0,020 |
| 400 | id. | id. | 0,010 |
| 600 | id. | id. | 0,006 1/2 |
| 800 | id. | id. | 0,005 |
| 1000 | id. | id. | 0,004 |

On voit que pour chacun des cas de courbure, il suffirait de donner un jeu de chaque côté des plaques de garde de :

0,005     0,002 1/2     0,0016     0,001 1/4     0,001

pour          pour          pour          pour          pour

200 = R     400 = R     600 = R     800 = R 1000 = R

Car le jeu indiqué au tableau se reporte sur 4 boites à graisse qui se déplacent chacune pour son compte dans le sens longitudinal.

Si l'on faisait usage de voitures à 6 roues dont les essieux sont espacés de $2^m,67$, c'est-à-dire avec paire de roues intermédiaires, il conviendrait de ne donner aucun jeu longitudinal à cet essieu du milieu, mais seulement dans le sens transversal. Ce jeu se détermine facilement de la manière suivante :

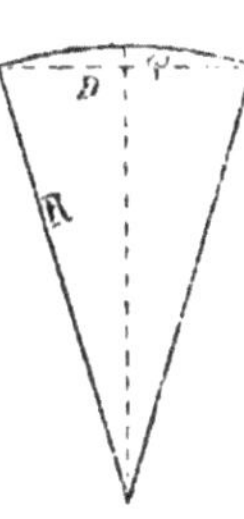

D étant toujours la distance entre les essieux extrèmes $= 5^m,34$.

R le rayon intérieur de la courbe $= 500$.

$\varphi$ le jeu cherché ou flèche de l'arc de la courbe comprise entre les essieux extrèmes.

Nous avons :

$$R^2 = \left(\frac{D}{2}\right)^2 + (R - \varphi)^2 = \frac{D^2}{4} + R^2 + \varphi^2 - 2R\varphi.$$

Mais $\varphi^2$ étant très-petit est négligeable.

Donc   $\varphi = \dfrac{D^2}{8R} = \dfrac{5,34^2}{4000} = 0^m,00713$ naturellement égal à $x$ précédemment déterminé lorsqu'il s'est agi du glissement transversal dû au parallélisme des essieux.

Ce jeu devant se présenter des deux côtés de la voie, on conçoit que pour qu'une voiture à 6 roues puisse passer sans inconvénient dans la courbe de 500 mètres avec l'écartement d'essieux précité, et sans rencontrer aucune pression des boudins contre les rails, il faudra donner un jeu total pour les deux côtés, de : $0^m,01426$, ce qui est toujours possible en pratique ; ce jeu a lieu entre les fusées et leurs boites à graisse. On conçoit également que le jeu total $0^m,01426$ peut être reporté sur les trois essieux, ce qui revient à dire qu'on devrait donner dans ce dernier cas $0^m,00713$ de jeu à toutes les boites pour arriver au même résultat.

### PERTE DUE A L'OBLIQUITÉ DE TRACTION.

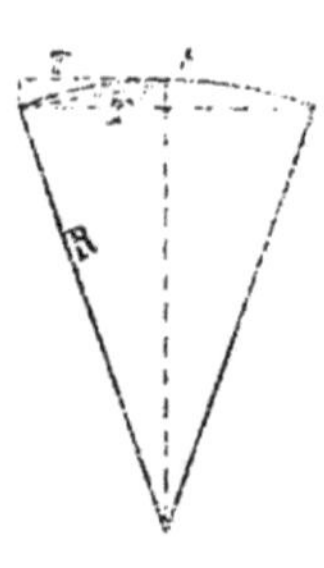

Il nous reste à examiner l'importance de la perte de traction due à l'obliquité sous laquelle elle est transmise par rapport à la tangente. Nous admettons que cette action se transmet comme si elle agissait sur un convoi formé par un polygone dont les sommets seraient les centres de gravité de chaque véhicule remorqué. La valeur de cet excédant de traction est $t^2 = T'^2 - T^2$ ; elle peut être négligée, car, comme nous l'avons déjà dit, $t$ est très-petit. et l'on aurait :

$$t = \sqrt{T'^2} - \sqrt{T^2}.$$

### FORMATION D'UN TABLEAU INDIQUANT LES RÉSISTANCES MAXIMA DANS LES COURBES.

Les résistances maxima dans les courbes, évaluées pour les différences de construction les plus favorables énoncées précédemment sont relatées dans un tableau qui va suivre.

### OBSERVATION RELATIVE A LA RÉSISTANCE MOYENNE ADMISE.

Bien que nous ayons indiqué les moyens d'annuler en quelque sorte les résistances dues à la force centrifuge et à l'excès d'exhaussement du rail extérieur, les conditions pratiques qui font varier différentes parties de la construction et en même temps *les vitesses de marche*, nous portent à admettre environ par moitié, les résistances dues à la force centrifuge qui se produiraient en supposant qu'on n'ait rien fait pour les annuler.

Quant à celles qui résultent du parallélisme des essieux, et au glissement sur le rail extérieur, il convient de négliger celles-ci, qu'un bon entretien de bandages peut presque complétement annuler ; mais il faut tenir compte des premières dans leur entier, car l'inefficacité que peut présenter le jeu longitudinal dans les plaques de garde, jeu qui n'est pas suffisamment expérimenté, nous fait penser qu'il est prudent d'agir ainsi.

CHOIX D'UNE FORMULE GÉNÉRALE POUR LA RÉSISTANCE DANS LES COURBES DE DIFFÉRENTS RAYONS EN FONCTION DU POIDS DU CONVOI.

Dans le tableau qui va suivre, nous admettrons pour calculer les chiffres de la 6ᵉ colonne la formule $r = P \times \dfrac{0,7}{R}$, dans laquelle $r$ est la résistance dans une courbe de rayon R, et P le poids du train.

Les observations directes sur des vitesses acquises et perdues dans le parcours des courbes de différents rayons nous permettent de dire que les chiffres ainsi obtenus, s'écartent peu de la vérité.

Les développements dans lesquels nous sommes entré permettront dans chaque cas particulier, d'apprécier les réductions des résistances qu'on peut espérer d'une bonne installation de voie et matériel roulant, comme aussi les accroissements qui pourraient résulter de circonstances exceptionnelles.

TABLEAU DES RÉSISTANCES MAXIMA DANS LES COURBES DE DIFFÉRENTS RAYONS (CALCULÉES POUR LA VITESSE DE 40 KIL. A L'HEURE).

| RAYONS des courbes. | FROTTEMENTS dus | | FROTTEMENTS TOTAUX ET ADMIS EN PRATIQUE pour ce qui a rapport aux courbes. | | |
| --- | --- | --- | --- | --- | --- |
| | A LA FORCE centrifuge. | AU PARALLÉLISME des essieux. | FROTTEMENTS totaux. | RÉSISTANCES moyennes à admettre en comptant la demi-résistance de la force centrifuge. | RÉSISTANCES calculées d'après la formule générale $r = P \times \dfrac{0,70}{R}$. |
| 200 | 0,001884 | 0,002670 | 0,004554 | 0,003612 | 0,0035 |
| 400 | 0,000942 | 0,001335 | 0,002277 | 0,001806 | 0,00175 |
| 600 | 0,00063 | 0,000891 | 0,001521 | 0,001206 | 0,00116 |
| 800 | 0,000461 | 0,000667 | 0,001138 | 0,000902 | 0,000875 |
| 1000 | 0,000378 | 0,00053 | 0,000908 | 0,000719 | 0,0007 |
| 1500 | 0,000252 | 0,000357 | 0,000609 | 0,000483 | 0,000466 |
| 2000 | 0,000189 | 0,000267 | 0,000456 | 0,0003615 | 0,00035 |

## GRAVITÉ.

La résistance due à la gravité sera exprimée par le sinus de l'inclinaison, ou plus simplement par la pente I exprimée en mètres, chaque millimètre représentera en kilogrammes *la résistance par tonne* du convoi. La formule générale ci-après nous permettra d'apprécier son importance relativement aux autres circonstances que nous venons d'examiner.

### EXPRESSION GÉNÉRALE DES RÉSISTANCES AU MOUVEMENT UNIFORME.

L'expression générale de la résistance d'un convoi, en mouvement uniforme, sera, en reprenant ce qui a été dit précédemment :

$$\xi = P \left( 0,0045 + 0,00004\ V^2 + \frac{0,7}{R} \pm I \right)$$

Dans laquelle

P représente le poids du convoi en kilog.

V la vitesse relative de l'air en sens contraire du mouvement.

R le rayon de la courbe s'il y en a.

I la pente en mètres, qui est positive ou négative suivant que le convoi remonte ou descend.

0,0045 la résistance par kil. de train, due au frottement dans les boites et au roulement des roues.

0,00004 le coefficient de résistance de l'air par kil. de train.

### INFLUENCE RELATIVE DES RAMPES.

Si nous comparons comme exemple, les résistances de deux tracés dont les rampes maxima sont de 5 millim. et

10 millim. par mètre, et les rayons minima de courbes de 1000 mètres et 500 mètres. Nous trouvons que pour une marche de 50 kil. à l'heure par un temps calme les coefficients totaux de résistance sont respectivement :

Rayon 1000 mètres, pente 5 millim.
$$\left\{ \begin{aligned} &0,0045 + 0,00004 \times \\ &13,\overline{89}^2 + \frac{0,7}{1000} + 0,005 \\ &= 0,01792; \end{aligned} \right.$$

c'est-à-dire $17^k,92$ par tonne.

Rayon 1000 mètres, pente 10 millim.
$$\left\{ \begin{aligned} &0,0045 + 0,00004 \times \\ &13,\overline{89}^2 + \frac{0,7}{1000} + 0,01 \\ &= 0,02292, \end{aligned} \right.$$

c'est-à-dire $22^k,92$ par tonne.

Rayon 500 mètres, pente 5 millim.
$$\left\{ \begin{aligned} &0,0045 + 0,00004 \times \\ &13,\overline{89}^2 + \frac{0,7}{500} + 0,005 \\ &= 0,01862, \end{aligned} \right.$$

c'est-à-dire $18^k,62$ par tonne.

Rayon 500 mètres, pente 10 millim.
$$\left\{ \begin{aligned} &0,0045 + 0,00004 \times \\ &13,\overline{89}^2 + \frac{0,7}{500} + 0,01 \\ &= 0,02362, \end{aligned} \right.$$

c'est-à-dire $23^k,62$ par tonne.

Différences moins considérables qu'on ne l'aurait supposé tout d'abord, lorsqu'on limitait les rampes à 5 millimètres. Toutefois, il peut se faire que pour le $2^e$ cas (10 millim. de pente), on soit obligé de réduire l'importance des trains dans le rapport de 4 à 3. A moins qu'on augmente la puissance des locomotives, ou qu'on réduise les vitesses de moitié environ.

# CHAPITRE II.

●

## RÉSISTANCES A L'ACCÉLÉRATION DU MOUVEMENT. — TRAVAIL SUPPLÉMENTAIRE POUR PASSER D'UNE VITESSE A UNE AUTRE.

Les formules précédentes, et en général tout ce que nous avons dit à leur sujet, expriment les résistances au mouvement lorsqu'il ne s'agit que de le maintenir uniforme ; mais il peut être utile, dans certains cas, d'évaluer la puissance à développer pour passer du repos à une vitesse déterminée, ou d'une vitesse à une autre, dans un temps donné.

L'expression générale des accroissements de vitesse d'un convoi soumis à l'action d'une force variable soit par la nature du moteur, soit par l'action de la gravité, peut s'obtenir d'une manière assez simple.

Soit P le poids d'un convoi.

$f = 0,0045$ les frottements résistants constants ;

$0,00004\ V^2$ la résistance de l'air.

F la puissance à laquelle est soumise l'unité de poids du train, déduction ou addition faite de l'action de la gravité.

La force employée à l'accélération du mouvement aura pour expression :

$$P \times (F - (0,0045 + 0,00004\ V^2)).$$

Désignant par $v$ l'accroissement de vitesse que cette force est capable de donner pendant un temps infiniment petit $t$, on aura :

$$\frac{Pv}{g} = P\ (F - (0,0045 + 0,00004\ V^2)), t$$

d'où :
$$v = g\ (F - (0,0045 + 0,00004\ V^2)) t$$

L'application du principe des forces vives à la relation précédente, conduit à l'équation suivante :

$$\frac{d\mathrm{P}\mathrm{V}^2}{g} = 2\mathrm{P}(f' - c\mathrm{V}^2)\,dx$$

$f'$ étant l'excédant de la puissance sur les résistances et frottements constants.

$c$ le coefficient de la résistance de l'air $= 0,00004 : \mathrm{T}$

$d\mathrm{V}$ l'élément de vitesse acquise pendant le parcours élémentaire très-petit $dx$ sous l'action de la force $f' - c\mathrm{V}^2$

### DÉTERMINATION DE LA FORMULE SIMPLE PAR L'INTÉGRALE.

Pour avoir le parcours total effectué à partir du repos avant que le train ait acquis une vitesse V, il suffit d'intégrer l'équation précédente qui peut se transformer ainsi qu'il suit :

$$2gdx = \frac{d\mathrm{V}^2}{f' - c\mathrm{V}^2}$$

multipliant par $c$, il vient :

$$2gdcx = \frac{cd\mathrm{V}^2}{f' - c\mathrm{V}^2} \quad \text{qui peut se mettre sous la forme :}$$

$$\frac{2gdcx}{f' - c\mathrm{V}^2} = d\,(f' - c\mathrm{V}^2$$

d'où $2gcx = \log : \text{nép } (f' - c\mathrm{V}^2) + \mathrm{A}.$

Pour éliminer la constante A remarquons que pour $x = o$ $\mathrm{V} = v,$ l'équation précédente devient :

$$o = -\log. \text{nép } \frac{f' - c\mathrm{V}^2}{f'}$$

d'où :

$$x = - \frac{1}{2gc} \times \log. \text{ nép.} \left( 1 - \frac{c}{f'} V^2 \right) \qquad (a)$$

Pour que la vitesse soit telle que la résistance de l'air fasse précisément équilibre à l'excédant de force sur les frottements constants, il faudrait que $f' = cV^2$ ou $V^2 = \frac{f'}{c}$ valeur qui substituée dans l'équation $(a)$ donne :

$$x = - \frac{0{,}11737}{c} \times \log. \text{ nép.} \; o = - \frac{0{,}11737}{c} \times o = \infty.$$

## FORMULE ORDINAIRE SIMPLE POUR LES VALEURS DE $x$.

La formule précédente $(a)$ qu'on peut mettre sous la forme $x = - 2934 \times \log. \text{ vulg.} \left( 1 - \frac{c}{f'} V^2 \right)$ nous permettra de déterminer et de former le tableau ci-après, qui donne les vitesses acquises pour les espaces parcourus par des trains abandonnés à eux-mêmes sur des pentes de 10, 20, 30 millim., c'est-à-dire 10 kil., 20 kil., 30 kil. par tonne d'excédant sur les résistances constantes.

Il résulte du tableau suivant que si un train est en repos, et qu'on le laisse descendre sur une pente de 5 millimètres par mètre, il aura acquis une vitesse de $2^m,78$ par seconde après un parcours de $81^m,80$. S'il descend sur une pente de 15 millim. par mètre, il acquerra la même vitesse de $2^m,78$, après un parcours de 27 mètres, et ainsi de suite pour tous les cas qui sont indiqués au tableau.

| Vitesses acquises correspondant aux espaces parcourus et aux puissances. | | Espaces parcourus à partir du repos par des trains sous l'action des forces dépassant les résistances constantes. | | | | | |
|---|---|---|---|---|---|---|---|
| En kilom. à l'heure. | En mètres par seconde. | 5 millim. de pente $f' = 0,005$ vitesse maxima $11^m,20$ | 10 millim. de pente $f' = 0,01$ vitesse maxima $15^m,80$ | 15 millim. de pente $f' = 0,015$ vtesse maxima $19^m,35$ | 20 millim. de pente $f' = 0,02$ vitesse maxima $22^m,35.$ | 30 millim. de pente $f' = 0,03$ vitesse maxima $28^m,85$ | 50 millim. de pente $f' = 0,05$ vitesse maxima $35^m,35$ |
| 10 | 2,78 | $81^m,80$ | $40^m,2$ | $27^m,00$ | $20^m,60$ | $12^m,80$ | $7^m,90$ |
| 20 | 5,56 | 362 ,00 | 168 ,3 | 109 ,40 | 81 ,40 | 53 ,50 | 31 ,90 |
| 30 | 8,33 | 1032 ,00 | 414 ,3 | 260 ,00 | 190 ,40 | 123 ,40 | 72 ,80 |
| 40 | 11,11 | 5575 ,00 | 867 ,3 | 506 ,90 | 361 ,50 | 228 ,60 | 182 ,60 |
| 50 | 13,89 | | 1882 ,1 | 917 ,30 | 621 ,30 | 377 ,80 | 213 ,70 |
| 60 | 16,67 | | | 1712 ,50 | 1034 ,00 | 587 ,90 | 320 ,36 |
| 70 | 19,44 | | | | 1796 ,50 | 889 ,09 | 453 ,70 |
| 80 | 22,22 | | | | 5579 ,00 | 1362 ,00 | 640 ,20 |

De même, si l'on suppose que sous l'influence d'une force dépassant de 5 kil. par tonne l'effort de traction, le convoi ait acquis une vitesse de $11^m,11$ par seconde, et que cette puissance vienne à augmenter encore de 5 kil., c'est-à-dire 10 kil. en plus, soit par la gravité, soit par l'effet du moteur, la 4ᵉ colonne permettra de reconnaitre immédiatement l'espace parcouru pour passer de la vitesse $11^m,11,$ par seconde à la vitesse de

13$^m$,89, qui sera visiblement égal à 1882,1 — 867,3 = 1014$^m$,80.

## VARIATION DES VITESSES LORSQUE LA PUISSANCE OU LA RÉSISTANCE VARIE.

Dans la pratique des chemins de fer, il peut se présenter très-fréquemment que l'on ait à apprécier le ralentissement qui a lieu lorsque la puissance diminue, ou que, cette dernière restant la même, la résistance augmente par l'effet d'une rampe ou de toute autre cause.

Supposons en effet un convoi ayant acquis une vitesse maxima uniforme V sous l'influence d'une force F$=c$ V$^2$+$f$, $f$ étant la résistance constante, et $c$V$^2$ la résistance variable avec la vitesse.

Si la résistance augmente d'une quantité $f'$, le train sera soumis à une action retardatrice F égale à la différence entre $c$V$^2$ et à l'excédant de la puissance sur la somme des résistances constantes.

En sorte qu'on pourra écrire F $=$ F $-$ $(f + f')$.

L'application du principe des forces vives, en désignant par $x$ l'espace parcouru, et par $v$ la vitesse correspondante nous permet, comme dans le cas précédent, de poser l'équation :

$$dv^2 = -\, 2g\, (cv^2 - \mathrm{F}).$$

Transportant et intégrant, il vient ;

$$x = -\,\frac{1}{2gc} + \log.\ \mathrm{hyp.}\ (cv^2 - \mathrm{F}) + \mathrm{A}.$$

Pour $\qquad\qquad x = o$ et $v = o$.

Il vient :

$$o = -\,\frac{1}{2gc} + \log.\ \mathrm{hyp.}\ (c\mathrm{V}^2 - \mathrm{F}) + \mathrm{A}\ ;$$

d'où, en retranchant membre à membre, il vient :

$$x = - \frac{1}{2gc} \times \log.\ \text{hyp.}\ \left( \frac{cv^2 - F}{cV^2 - F} \right).$$

### FORMULE COMMODE POUR LA VALEUR DE $x$.

Expression qui peut se mettre sous la forme plus commode :

$$x = - \frac{0,11737}{c} \times \log.\ \left( \frac{\dfrac{e\,v^2}{F} - 1}{\dfrac{c\,V^2}{F} - 1} \right) = - 2935 \times$$

$$\log.\ \left( \frac{\dfrac{c\,v^2}{F} - 1}{\dfrac{c\,V^2}{F} - 1} \right).$$

Au moyen de cette formule, on pourra facilement calculer les espaces parcourus pour passer d'une vitesse V à une vitesse $v$, elle permet également de reconnaître que lorsque $cV^2 = F$,    $x = \infty$ .

En considérant des trains animés d'une vitesse uniforme déterminée, correspondant à l'action qui leur est transmise, et en admettant que les résistances ou les rampes augmentent à certains points de différentes quantités. Le tableau suivant donne les espaces parcourus correspondant aux diminutions de vitesses.

Il résulte des calculs condensés dans le tableau suivant, qu'un convoi animé d'une vitesse de $11^m,11$ par seconde sur une ligne droite et en palier, venant à rencontrer tout à coup une rampe de $0^m,002$ par mètre, perdra une partie de sa vitesse primitive par l'effet de cette rampe, et que cette vitesse descendra jusqu'à $9^m,72$ après un parcours de 1108 mètres sur la rampe.

| Vitesses en kilomètres à l'heure. | Vitesses en mètres par seconde. | Espaces parcourus pendant le ralentissement des trains, sous l'action d'une force qui leur imprime une vitesse de : | | | | |
| --- | --- | --- | --- | --- | --- | --- |
| | | $V = 11^m,11$ à la 1re seconde, puis la résistance augmentée par une rampe de : | | $V = 16^m,67$ à la 1re seconde, puis la résistance augmentée par une rampe de : | | |
| | | 0,002 $F = 0,009437 - (0,0045 + 0,002) = 0,00294$ $v$ minima $= 8,57$ | 0,004 $= 0,009437 - (0,0045 + 0,004) = 0,00094$ $v$ minima $= 4^m,85$ | 0,002 $F = 0,0156 - (0,0045 + 0,002) = 0,0091$ $v$ minima $= 15^m,10$ | 0,005 $F = 0,0156 - (0,0045 + 0,005) = 0,0061$ $v$ minima $= 12,35.$ | 0,010 $F = 0,0156 - (0,0045 + 0,010) = 0,0011$ $v$ minima $= 5,25.$ |
| 60 | 16,67 | | | 0 | 0 | 0 |
| 55 | 15,28 | | | 3080 | 596 | 255 |
| 50 | 13,89 | | | | 1440 | 521 |
| 45 | 12,50 | | | | 4454 | 835 |
| 40 | 11,11 | 0 | 0 | | | 1203 |
| 35 | 9,72 | 1108$^m$ | 583 | | | 1647 |
| 30 | 8,33 | | 1030 | | | 2218 |
| 25 | 6,94 | | 1782 | | | 3047 |
| 20 | 5,56 | | 3186 | | | 4759 |
| 15 | 4,17 | | | | | |
| 10 | 2,78 | | | | | |

Elle arrivera enfin à 8<sup>m</sup>,59 qui est sa valeur minima après un parcours total de 3815<sup>m</sup>. Sur la rampe, à partir de cette vitesse, le train continuera sa marche en la conservant indéfiniment, si la rampe et indéfinie, est si la puissance ne varie pas.

## TRAVAIL CONSOMMÉ DANS LE RALENTISSEMENT D'UN TRAIN.

Jusqu'à présent, nous ne nous sommes occupé que des résistances au mouvement, nous allons maintenant examiner les effets des forces sur le ralentissement et l'arrêt des trains abandonnés à eux-mêmes, ou soumis à l'action de forces constantes.

Lorsqu'un train est abandonné à lui-même sur palier, par exemple, les frottements, la résistance de l'air et les freins produisent des forces retardatrices qui annulent au bout d'un certain temps la vitesse dont il est animé.

Les différents frottements et la résistance de l'air ayant été calculés avec soin précédemment, nous avons maintenant à nous rendre compte des effets des différents freins.

## FREINS A TRAÎNEAUX.

Nous voulons parler des freins à traineaux, peu usités et même abandonnés depuis longtemps, sur lesquels nous avons eu l'occasion de faire des expériences en 1853, au chemin de fer de Rhône-et-Loire ; nous relaterons également ment les résultats d'expériences du même temps sur les freins à sabots, définitivement employés aujourd'hui.

Dans les expériences faites sur les freins à traineaux, les sabots de ceux-ci glissaient sur les rails, et étaient garnis de fer ; le coefficient du frottement devait être le même que celui des bandages sur les rails ; toutefois, afin

de dissiper le doute à cet égard, nous nous sommes li-
vré à des expériences directes, ayant pour but de déterminer les coefficients de frottement dans les deux cas
qu'il nous paraît utile de relater.

## CONDITIONS DANS LESQUELLES ONT ÉTÉ FAITES LES EXPÉRIENCES.

Nos expériences ont été faites avec un train de voiture
pesant 1510 kil. monté sur 4 roues à bandages en fer
de $0^m,850$ de diamètre, les bandages étaient un peu usés,
les rails étaient posés de niveau, bombés et déjà usés par
le frottement, comme cela a lieu pour les rails en service.

Dans les expériences relatives au frein à traineau, les
4 roues étaient placées sur traineaux, autrefois usités au
chemin de fer Rhône-et-Loire, et ayant plusieurs années
d'usage. Le train avec les traineaux pesait 1670 kil.,
la traction était exercée par un plateau chargé de poids
descendant dans une fosse de 3 mètres de profondeur,
elle était transmise horizontalement par un câble en fil
de fer à la hauteur des essieux, et passant sur une poulie
de renvoi ; l'impulsion était donnée en soulevant (pour
le $1^{er}$ cas) un frein à contre-poids qu'on laissait retomber
ensuite, et qui enrayait complétement les roues. Les vitesses imprimées n'ont pu être mesurées très-exactement ;
mais elles étaient approximativement égales à 1 mètre
par seconde à la descente.

Les poids indiqués ci-après sont ceux qui maintenaient,
accéléraient, ou ralentissaient le mouvement. Déduction
faite de la partie employée pour vaincre la résistance du
frottement de la poulie de renvoi.

**Tableau des expériences sur les freins.**

| NUMÉROS des expériences. | INDICATION des expériences. | POIDS DU TRAIN en mouvement. | POIDS MESURANT le frottement. | RAPPORT du frottement à la pression. | OBSERVATIONS. |
|---|---|---|---|---|---|
| | Première série : Glissement des jantes de roues sur les rails. | | | | |
| 1 | Rails secs. | 1510 kil. | 280 kil. | 0,186 | Mouvement s'arrête un peu |
| 2 | Id. | Id. | 255 | 0,169 | Id. maintient petite vitesse. |
| 3 | Id. | Id. | 220 | 0,146 | Id. ralentit, ne continue pas. |
| » | Moyenne pour les rails secs. | Id. | 252 | 0,166 | » |
| 4 | Rails mouillés. | Id. | 200 | 0,133 | Id prend de la vitesse. |
| 5 | Id. | Id. | 170 | 0,113 | Id. se maintient. |
| 6 | d. | Id. | 150 | 0,100 | Id s'arrête. |
| » | Moyenne pour les rails mouillés. | Id. | 173 | 0,115 | » |
| | Deuxième série : le train glissant sur traîneaux. | | | | |
| 7 | Rails secs. | 1670 kil. | 300 | 0,180 | Mouvement s'arrête très-peu, |
| 8 | Id. | Id. | 280 | 0,168 | Id. se maintient. |
| 9 | Id. | Id. | 260 | 0,156 | Id. se ralentit, s'arrête. |
| » | Moyenne pour rails secs. | Id. | 280 | 0,168 | » |
| 10 | Rails mouillés | Id. | 225 | 0,137 | Id. s'accélère, |
| 11 | Id. | Id. | 205 | 0,123 | Id. se maintient. |
| 12 | Id. | Id. | 170 | 0,112 | Id. se ralentit, s'arrête. |
| » | Moyenne pour rails mouillés. | Id. | 200 | 0,120 | » |

Les faibles variations que présentent les résultats des deux séries d'expériences, nous permettent d'admettre d'une manière générale la loi de l'indépendance des surfaces en contact ; ensuite, qu'il n'y a pas avantage pour le coefficient de frottement à se servir de freins à traineaux ; de plus, qu'avec le modèle du frein du plan de Liége, par exemple, on n'utilise pas la pression du poids des roues, qui représente en général du 1/3 au 1/4 du poids des véhicules vides. Nous sommes convaincu, par les essais que nous avons faits sur les traineaux, que l'on ne peut sans danger, pendant la marche, placer des patins à sabots sous les roues elles-mêmes.

## EXPÉRIENCES SUR LES FREINS ORDINAIRES FAITES SUR PLANS INCLINÉS.

Nous pouvons actuellement citer des expériences et des faits qui se passaient journellement sur les plans inclinés du chemin de fer de la Loire, et qui prouvent l'avantage et l'efficacité des freins ordinaires, en même temps qu'elles établissent que leurs effets et les frottements sont indépendants de la vitesse de marche.

Lorsque les voitures à voyageurs descendaient les pentes de $0^m,05$, centimètres sur les rails secs, on répétait souvent l'expérience de les arrêter en serrant les freins, sur un parcours de $30^m$, et cela lorsque leur vitesse n'excédait pas 30 kil. à l'heure, ou $8^m,35$ par seconde. Si l'on applique à ces faits les lois ordinaires de la mécanique, on reconnait que :

Soit P le poids d'un train ;

V sa vitesse par seconde ;

0,166 le coefficient de frottement des bandages sur les rails ;

0,002 la résistance de l'air ;

0,050 la gravité.

Si P = 6000 kil. et V = 8$^m$,35, on aura F = 6000 (0,166 + 0,002 — 0,05) = 6000 × 0,118, nous aurons aussi la quantité de mouvement :

$$F \times t = m\,V. \text{ ou } F \times t = \frac{PV}{g} ;$$

d'où :   $t = \dfrac{PV}{gF} = \dfrac{6,000 \times 8,35}{9,81 \times 6,000 \times 0,118} = 7,2.$

On peut sans erreur sensible dire que l'espace parcouru sera égal à :

$$\varepsilon = \frac{V \times T}{2} = \frac{8,35 \times 7,2}{2} = 30^m,05.$$

Ce qui concorde parfaitement avec les expériences précitées.

On reconnait d'ailleurs par les dites expériences que le coefficient de frottement des bandages sur les rails atteint réellement en pratique le 1/6 de la pression, et que de plus ce frottement est indépendant de la vitesse. Ce coefficient varie, comme nous l'avons déjà dit, dans des limites très-étendues. Lorsque les rails sont bien lavés par la pluie il est encore de 0,10 à 0,12 ; mais lorsque les rails sont recouverts d'une poussière humide et grasse de charbon, le frottement des bandanges sur les rails ne suffit plus pour contrebalancer l'action de la gravité sur une pente de 0$^m$,05 et les voitures prennent une très-grande accélération de vitesse.

Il est alors évident que le coefficient du frottement descend à 0,04 ou 1/25.

M. de Pambour et plusieurs autres expérimentateurs ont également reconnu que la limite était égale à 1/27.

## EXPRESSION GÉNÉRALE DES DIMINUTIONS DE VITESSE IMPRIMÉES AUX TRAINS.

Nous pouvons actuellement, comme nous l'avons fait pour les accroissements, établir d'une manière générale les diminutions de vitesse qui se présentent dans le ralentissement des trains à un instant quelconque.

Soit toujours P le poids d'un convoi exprimé en kilogrammes, $f$ les frottements et les résistances constantes, 0,00004, $V^2$ la résistance de l'air par kilog.

La force retardatrice du train sera comme précédemment

$$P (f + 0,00004 V^2).$$

Si l'on désigne par $v$ la vitesse que cette force peut faire perdre au train pendant l'élément infiniment petit $t$.

On aura :

$$t\,P\,(f + 0,00004\,v^2) = \frac{P\,v}{g} \text{ d'où } v = gt\,(f + 0,00004\,V^2)$$

### COURBES ET TABLEAUX QU'ELLE PERMET D'OBTENIR.

La valeur de F, c'est-à-dire la force retardatrice étant déterminée, cette formule permet d'évaluer sans erreur sensible les réductions successives de $v$, $v_1$, $v_2$, $v_3$, etc., pour les éléments de temps très-petits, $t$, $t_1$, $t_2$, $t_3$, etc., en ayant soin toutefois de tenir compte des variations successives de V. Elle permet également de construire la courbe dont les valeurs de V sont les ordonnées, les temps totaux T, les abscisses et les surfaces comprises entre l'axe des $x$, la courbe et les différentes ordonnées, les espaces parcourus pendant les temps compris entre ces mêmes ordonnées.

### DÉTERMINATION DE LA FORMULE GÉNÉRALE.

Appliquons le principe des forces vives ; désignant par $x$, l'espace parcouru pendant le ralentissement, nous avons directement l'équation :

$$dv^2 \, \frac{P}{g} = -\, 2\,(fP + cPv^2)\, dx$$

ou :

$$dv^2 = -\, 2gdx\,(f + cv^2) \quad \text{d'où} \quad 2gdx = -\, \frac{dv^2}{f + cv^2}$$

Multipliant les 2 membres par $c$,

$$2gdcx = -\, \frac{cdv^2}{f + cv^2}$$

Ce qui peut s'écrire encore de la manière suivante :

$$2gdxc\, \frac{d\,(f + cv^2)}{f + c\,v^2}.$$

Intégrant nous avons :

$$2gcx = \text{log. hyp.}\,(f + c\,v^2) + \text{constante.}$$

Pour éliminer la constante, faisons $x = v$.   $v = V$.
Nous avons :

$$o = -\, \text{log hyp.}\,(f + c\,V^2) + \text{constante.}$$

Retranchant membre à membre, il vient :

$$2gcx = \text{log hyp.}\!\left(\frac{f + cV^2}{f + cv^2}\right);$$

d'où :

$$x = \frac{1}{2gc} \times \text{log. hyp.}\!\left(\frac{f + cV^2}{f + cv^2}\right) \quad (a).$$

Expression qui donne l'espace parcouru, lorsque le train passe d'une vitesse V à une vitesse $v$. Pour avoir l'espace parcouru par le train avant qu'il s'arrête, il suffit de faire dans cette formule $v = o$. Il vient :

$$x = \frac{1}{2gc} \times \log.\ \text{nep.} \left(1 + \frac{c}{f}\,V^2\right).$$

## FORMULE SIMPLE POUR CALCULER LES ESPACES PARCOURUS PENDANT LES RALENTISSEMENTS.

Rendons cette formule plus simple en supprimant le logarithme hyperbolique, nous avons :

$$x = \frac{2{,}303585}{2 \times 9{,}809 \times c} \times \log.\ \text{vulg.} \left(1 + \frac{c}{f}\,V^2\right)$$

ou

$$x = 2935 \times \log. \left(1 + \frac{c}{f}\,V^2\right) \qquad (b)$$

qui permet de calculer directement les espaces parcourus avant l'arrêt d'un train abandonné à lui-même, lorsqu'on connait $f$ et $c$.

Dans la pratique, il se rencontre trois cas principaux :

1° Les trains sont abandonnés à eux-mêmes, alors :

$$1 + \frac{c}{f}\,V^2 = 1 + \frac{0{,}00004V^2}{0{,}0045}.$$

2° Ou ils sont retardés par l'effet des freins serrés en partie.

Ainsi, si sur 100 t$^x$ dont se composerait un train 20 t$^x$ étaient sous l'action des freins, nous aurions pour ces 20 t$^x$ une résistance de 20 t$^x$ $\times$ 0,12 en moyenne.

Les autres 80 t$^x$ présentant une résistance de 80 t$^x$ $\times$ 0,0045.

La résistance moyenne sera pour le train dont 1/5 des véhicules reste sous l'action des freins, de :

$$f = 20000 \times 0,12 + 80,000 \times 0,0045 = 2760,$$ c'est-à-dire 0,0276 par kilog de train.

3° Ou enfin ils sont retardés par l'effet du serrage de tous les freins en supposant que chaque véhicule en soit muni.

Si toutes les roues sont enrayées, on a :

$f = 0,12$. Si donc pour ces trois cas nous substituons ces différentes valeurs dans l'équation ($b$), nous obtiendrons les espaces parcourus en question.

TABLEAU DONNANT LES ESPACES PARCOURUS AVANT L'ARRÉT
PAR DES TRAINS ABANDONNÉS SUR NIVEAU.

| VITESSES | | VALEURS DE $x$. | | |
|---|---|---|---|---|
| par heure. | par seconde. | les roues libres $f = 0,0045$. | 1/5 des roues enrayées. $f = 0,0276$. | Toutes les roues enrayées $f = 0,12$. |
| kil. | m. | m. | m. | m. |
| 10 | 2,78 | 84,6 | 14,2 | 3,3 |
| 20 | 5,56 | 309,10 | 55,8 | 13, |
| 30 | 8,33 | 611,17 | 122,0 | 29,1 |
| 40 | 11,11 | 930,4 | 219,5 | 51,3 |
| 50 | 13,89 | 1271,8 | 314,0 | 79,3 |
| 60 | 16,67 | 1584,4 | 434, | 112,7 |
| 70 | 19,44 | 1875, | 556,4 | 151, |
| 80 | 22,22 | 2145, | 687,6 | 193,9 |

Le tableau précédent permet d'apprécier tout l'avantage qu'il y a en cas de danger d'avoir un frein à chaque voiture. L'accident arrivé récemment au pont de la Brague, sur le chemin de fer de Nice à Menton, aurait peut-être été évité si les hommes préposés au serrage des freins, bien qu'apercevant les signaux trop tard, avaient eu la possibilité d'enrayer toutes les roues du train.

On remarque en effet au tableau qui précède, qu'un train lancé à une vitesse de 60 kil. à l'heure s'arrêtera complétement après un parcours de 112 mètres à partir du moment de l'enrayage, à la condition toutefois que la valeur de $f$ soit égale à 0,12.

F. MATTHEY,

Ingénieur.

St-Nicolas-Varangéville (Meurthe-et-Moselle). — E. LACROIX, Imp. de la Société.